Javi.

Colección dirigida por Raquel López Varela

SEGUNDA EDICIÓN

© Hilda Perera y
EDITORIAL EVEREST, S. A.
Carretera León-La Coruña, km 5 - LEÓN
ISBN: 84-241-3355-2
Depósito legal: LE. 112-1997
Printed in Spain - Impreso en España

EDITORIAL EVERGRÁFICAS, S. L.
Carretera León-La Coruña, km 5
LEÓN (España)

Javi.

Hilda Perera
Ilustraciones: Ana G. Lartitegui

EDITORIAL EVEREST, S. A.

—Niño, ¡abróchate los cordones de los zapatos, métete la camisa por dentro y péinate! ¡Péinate! Todos los días es la misma historia. Me tienes hasta la coronilla. Eres una tragedia, una verdadera tragedia.

Javi ya estaba aburrido de que su mamá le dijera mil veces la misma cosa. Pero hoy eso de que era una tragedia le preocupó mucho, porque no sabía qué era tragedia.

Esa tarde, cuando llegó a buscarlo el abuelo grande y querido le preguntó:

—Abuelo, ¿qué es tragedia?

—Ay, Javi, ¡qué cosas preguntas! Una tragedia es algo muy malo, algo terrible, una desgracia.

A Javi se le pusieron muy tristes los ojos: su mamá pensaba que él era una tragedia, lo regañaba por todo, no lo dejaba quieto un segundo: que estudia, que báñate, que apúrate.

Entonces, se puso a mirar al conejito Miki que le habían regalado por Pascua. Lo vio tan tranquilo, tan limpiecito, con su pelo blanco y sus ojos rojos, que pensó:

«En vez de niño, yo quisiera ser conejo. Por lo menos no tendría que bañarme».

Y, ¡cataplúm!, como sólo pasa en los cuentos, sintió que se ponía pequeñito y que un pelo suave le cubría todo el cuerpo. La naricita empezó a movérsele sola, y le salieron unos bigotes finos, largos, blancos, mientras los ojos le cambiaban de negro a rojo. O sea, que era un conejo.

«¡Qué maravilla! —pensó Javi, que aunque conejo por fuera, seguía pensando como niño—. Ahora no tengo que ir al colegio, ni peinarme. Sólo pasarme la vida quietecito, en mi jaula, comiendo lechuga, zanahorias y rábanos».

Estuvo contentísimo unos días. Pero ser conejo de la mañana a la noche, y comer lechuga y zanahorias, que en el fondo no le gustaban y, sobre todo, tener que aguantar que su hermano Davi lo cargara, lo dejara caer como una pelota y lo acurrucara todo el tiempo, era una lata. Además, que la mamá, con su manía de limpieza, de todos modos se pasaba todo el día limpia que limpia la jaula y regañándolo:

—¡Mira que das guerra! Con todo lo que tengo que hacer y tan chiquito como eres, me das más lata que Javi.

La madre no se había preocupado, porque pensaba que Javi estaba con el abuelo, como habían quedado.

«Esto de ser conejo no acaba de gustarme —se dijo—. Yo quisiera ser un animal más grande, que no estuviera en la casa siempre. Un gato, por ejemplo».

No había acabado de decirlo cuando, como sólo pasa en los cuentos, sintió que le salía rabo, y crecía de conejo a gato, y se le afilaban las uñas, y los ojos se le ponían verdiazul. Para ver si era verdad, abrió la boca y, efectivamente, lo que dijo fue: «miau».

Ya esto sí que era una cosa distinta. Gato podía ser para siempre. Podía saltar, salir por la ventana; darse una vuelta por donde quisiera. Ser libre. Ya se sabe que, la mayor parte de las veces, un gato hace lo que le da su real gana.

El primer día le fue muy bien. Paseó todo lo que quiso, saltó a un árbol, se subió a las ramas más altas, maulló sin respiro, pero cuando llegó la hora de la comida, se acordó de que los gatos comen lagartijas y sapos, y lo que es peor: de que a veces se están quietos, levantan una pata y lo que hacen es cazar pajaritos y comérselos vivos.

No es que no tratara. Cuando vio a un colibrí contento, que se posó en una rama, se estuvo quieto, empezó a caminar muy despacito, levantó la pata y ya iba a saltar sobre él, cuando, como era Javi y no gato, dijo:

—¡Qué va...! ¡Yo no puedo! Cazar un pajarito tan lindo que no me ha hecho ningún daño, y comérmelo vivo. No puedo. No quiero ser gato.

Pensó entonces en qué animal podría haber que fuese libre, que no comiera nada vivo, que no tuviera madre gruñona que lo estuviera regañando siempre.

Como todavía era gato, vio cerquita a una hormiga que iba tan apurada con un terroncito de azúcar entre las dos antenas.

—No estaría mal ser hormiga. Voy y vengo adonde quiera, nadie me molesta, ni siquiera hablo. ¡Decidido! Quiero ser hormiga.

Dicho y hecho, como sólo pasa en los cuentos. Sintió que se ponía chiquito y más chiquito, y cuando abrió la boca no dijo ni «miau». Era una hormiga tan hormiga que nadie podía distinguirle de las demás.

—Esto sí es una maravilla —dijo Javi al principio—. Cuando uno es hormiga se mete por donde quiera, va y viene, nadie lo regaña, come dulces, sube, baja: de maravilla. Ser hormiga es estupendo y voy a seguir siéndolo todo el resto de mi vida.

Pero no había acabado de decirlo, cuando vio, desde su talla de hormiga, que un zapatazo enorme, enorme, sin siquiera notarlo, se había plantado sobre un hormiguero y las hormiguitas habían quedado convertidas en unas bolitas como puntos; y a nadie le dio pena siquiera.

—¡Ah, no; tampoco así! Eso de que lo maten a uno de un pisotón, sin siquiera fijarse, tampoco. Y que a nadie le diera la menor pena ni la menor tristeza decir: «Hoy maté a una hormiga», no. Tampoco así.

—Mejor ser un animal grande, fiero, que todo el mundo tema. Algo así como un elefante o un león. Y como león fue lo último que dijo, ¡pim pam!, como sólo pasa en los cuentos, sintió que crecía, se ponía fuerte, ágil, y que alrededor de la cabeza le salía una melena color de oro.

«Ahora sí que estoy estupendo —se dijo Javi—. No habrá quién me diga ni "ji". Soy y seré el rey de la selva y dominaré a todos los animales del mundo».

¡Qué chasco, el pobre! Porque dijo león sólo, y no león de la selva, se había convertido en león de circo, que es cosa bien distinta.

Todavía no se le había quitado la contentura de ser león, cuando se aparece un señor todo vestido de rojo, con un látigo, y venga a darle y a decirle: «súbete en esa butaca», «bájate ahora», «¡salta!», y el látigo haciendo ¡chas, chas!, alrededor suyo, que no había otro remedio que obedecer. Por si fuera poco, era un circo de mala muerte y pasó más hambre que vergüenza.

«Hay que tener mala pata —se dijo Javi—. ¡Mira que tocarme ser león de circo! Ni pensarlo. Hoy mismo dejo de ser león».

Ahora ya sí, con mucho cuidado, antes de pronunciar palabra, Javi se quedó piensa que piensa: un animal fuerte, libre, bonito, que no comiera pajaritos...

«¡Ya sé!» —se dijo muy contento.

Y nada más con pensarlo, como sólo pasa en los cuentos, se le quitó la melena, le salieron unos cuernos preciosos, tomó un color canela que era una maravilla, y las patas se le pusieron fuertes y ágiles. ¡Ah!, y los ojos. Los ojos eran dulces, y un poquito tristes como los tenía él cuando era niño. O sea, que se había convertido en un venado.

Y todo salió a pedir de boca: libre, saltando, corriendo por el campo, comiendo hierba o ramas de árboles tiernos, sin tener que matar para comer. Y, luego, lo bien que se siente uno venado. Un poco tímido, eso sí. Pero, por lo demás, tan cariñoso, tan tierno, tan sin ganas de hacerle nada malo a nadie.

«Venado, venado para siempre —se dijo Javi—. Es lo que me va».

Y todo hubiera seguido perfecto, si no es porque empieza la temporada de caza y, de pronto, aquel mundo de venados, tan lleno de paz, se llena de hombres brutales, de escopetas, de ruidos, de huidas, de espanto. Hasta a un venadito amigo suyo vio Javi que le metieron un tiro por la cabeza y, luego, le amarraron las patas a un palo y lo llevaron balanceándose... Tan triste, con los ojos todavía abiertos.

Javi cerró los ojos y se preparó a morir como venado. Pero no tuvo tiempo de pensar más. Oyó pasos. Miró, y ya estaba a unos metros un hombre que alzaba la escopeta, tomaba puntería y le iba a disparar un tiro directo a la cabeza, entre los ojos dulces.

Suerte que, en el último momento y cuando ya había oído el estampido del disparo e iba el tiro directo a su cabeza, dijo desesperadamente:

—Yo quiero ser niño. ¡Niño! ¡Niño!

Y como sólo ocurre en los cuentos, sintió que volvía a ser otra vez el Javi de siempre.